LES HISTOIRES DE ROSALIE

**Castor Poche
Collection animée par
François Faucher, Hélène Wadowski,
Martine Lang, et Cécile Fourquier**

Une production de l'Atelier du Père Castor

15ᵉ édition - 2000

© 1985, Castor Poche Flammarion
pour la présente édition, revue par l'auteur.

MICHEL VINAVER

LES HISTOIRES DE ROSALIE

Illustrations de
YVES BEAUJARD

Castor Poche Flammarion

Michel Vinaver

L'auteur est né à Paris en 1927, de parents nés en Russie. À l'âge de neuf ans, il écrit une pièce de théâtre (*La Révolte des légumes*) et un récit (*Une journée d'école*).

Il veut devenir professeur d'histoire, puis de littérature. À vingt-trois ans, il a déjà écrit deux romans pour adultes qu'Albert Camus découvre et fait publier aux éditions Gallimard. Il renonce alors à la carrière d'enseignant, prend un emploi dans une société industrielle. Abandonnant le roman, il écrit surtout des pièces de théâtre, parmi lesquelles *Les Coréens*, *Iphigénie Hôtel*, *Par-dessus bord*, *Théâtre de chambre*, *Les Travaux et les jours*, qui ont été montées par les plus grands metteurs en scène : Roger Planchon, Jean-Marie Serreau, Antoine Vitez et Jacques Lassalle.

Il a écrit deux ouvrage pour la jeunesse : *Les histoires de Rosalie* est le premier à avoir été publié.

Yves Beaujard

L'illustrateur de l'intérieur a vécu dix ans aux États-Unis où il a gravé timbres-postes, billets de banque et portraits officiels. Revenu en France depuis plusieurs années, il consacre la majeure partie de son temps à la gravure et à l'illustration.

Jean-François Martin

L'illustrateur de la couverture a fait l'école des Arts Appliqués, puis il est rentré comme graphiste chez Bayard. C'est là qu'il a commencé à dessiner pour les enfants. Depuis il n'arrête plus !

*A Delphine, Barbara, Ivan et Anouk,
qui ont écouté ces histoires,
une chaque dimanche à déjeuner,
et qui, un an ou deux après,
me les ont racontées en retour,
pour que je les écrive.*

Présentation

Ma grand-mère n'était pas seulement douce, elle était comme un soleil : bien du monde venait se chauffer à ses rayons. Quand elle souriait, c'est le monde entier qui semblait devenir gai et léger. Quelquefois ma grand-mère me racontait les histoires d'une petite fille qui s'appelait Rosalie. Rosalie, c'était elle-même. Oh! ma grand-mère n'avait pas été une petite fille sage! Macha sa sœur était sage. Mais elle, aïe aïe aïe!... Rosalie – on l'appelait parfois Rosatchka car c'est en Russie que ma grand-mère est née – Rosalie me racontait les bêtises qu'elle avait faites, les tours qu'elle avait joués et, bien vite, elle se mettait à rire si fort que, moi aussi, le rire me prenait, et je n'arrivais pas toujours à écouter la fin de l'histoire. Oh! non, Rosatchka n'était pas une enfant sage! Que d'inquiétudes et que d'embarras n'a-t-elle pas causés à ses parents! Souvent même, elle les a poussés au désespoir. Ce n'était jamais par méchanceté. Vous verrez : Rosatchka avait un grand cœur. Mais elle était impétueuse : elle voulait tout goûter, tout faire, tout essayer, aller partout, tout de suite... et après on verra... Bien sûr, il lui est arrivé toutes sortes d'aventures, que voici.

La robe de barège*

C'était l'été, la famille habitait une maison de campagne à Sakolniki, pas loin de Moscou. Ce jour-là, tout le monde était parti à Moscou sauf les deux filles, restées avec leur grand-mère déjà très vieille. Rosalie avait huit ans. En se réveillant, elle décida de mettre sa robe de barège.

C'était une robe jaune-orange, très gracieuse, qu'on ne mettait que pour les fêtes et les anniversai-

* Sorte d'étoffe de laine légère, autrefois fabriquée à Barèges dans les Hautes-Pyrénées.

res. Et surtout pas à la campagne, où l'on saute et se roule dans l'herbe!

Cependant, Rosalie demanda à sa vieille grand-mère de lui donner sa robe de barège.

– Mais quelle idée! Jamais de la vie! Tu ne vas pas mettre aujourd'hui ta plus belle robe!

– Justement, j'ai envie de la mettre aujourd'hui, dit Rosalie.

– Certainement pas, c'est impossible!

– Pourquoi c'est impossible?

– Ta maman ne voudrait pas.

– Donne-moi tout de suite ma robe de barège! C'est aujourd'hui que je veux la mettre.

– *Bòje moï!* (ce qui veut dire « Mon Dieu! » en russe) *Bòje moï!* Mais je ne peux pas!

– Donne-la-moi ou je monte sur le toit.

– Qu'est-ce que tu vas faire sur le toit?
– Tu verras, grand-mère. Alors, tu me la donnes?

La grand-mère pousse un grand soupir :
– Je ne peux pas te la donner, voyons, je ne sais même pas où elle est.
– Moi je sais : elle est dans le coffre de la chambre de Maman.
– Je n'ai pas la clé du coffre, dit la grand-mère, et le coffre est fermé à clé.
– Cherche-la, dit Rosalie.
– Mais, la clé est accrochée au grand trousseau que Maman porte toujours avec elle, la clé n'est pas dans la maison.
– Alors, je monte sur le toit, dit Rosalie, et si tu ne m'apportes pas la robe de barège, je me jette en bas.

Voici qu'elle se précipite et grimpe à quatre pattes le petit escalier raide du grenier. Dans le toit il y a une ouverture. Elle s'y glisse et se tient à genoux sur la gouttière. Elle se penche en bas et regarde au-dessous d'elle la grande allée du jardin.

Les gens du village se rassemblent et regardent la petite fille en chemise de nuit perchée sur le toit de la haute maison. La grand-mère est sortie dans le jardin en robe de chambre et elle pleure en disant : « Elle va sauter, *Bòje moï*, et elle va se tuer, *Bòje moï*. »

Mais on a appelé le garde-champêtre et le pompier. Ils ont dressé leur grande échelle. Ils sont montés sur le toit. Puis ils ont descendu Rosalie.

» Quand les parents sont rentrés et qu'ils ont appris ce qui s'était passé : « Pendant six mois, a dit sa maman, pendant six mois tu ne mettras pas ta robe de barège. »

La rentrée

A six ans, Rosalie n'avait pas encore appris à écrire. Sa cousine Sophie, qui avait huit ans, savait déjà. Sophie était petite pour son âge, tranquille et timide, tandis que Rosalie était grande et n'avait peur de rien. Les deux cousines s'aimaient beaucoup et elles étaient inséparables. Voilà que les vacances sont finies et la nounou conduit les deux fillettes à l'école. Elles portent le même nom de famille : Hischine. On rassemble les enfants dans la cour pour for-

.ner les classes. La directrice est debout au milieu de la cour et crie :
– Il y a deux Hischine ici sur ma liste, une Rosalie et une Sophie. Laquelle sait écrire, et laquelle est encore en maternelle?

Avant que Sophie ait eu le temps de lever le doigt, Rosalie bondit en avant et dit :
– Moi!
– C'est toi qui sais écrire? demande la directrice.
– Oui, dit Rosalie très fière, tandis que Sophie restée par-derrière n'ose pas protester.

On emmène les enfants dans leurs nouvelles classes.

Rosalie qui voulait toujours être avec les grandes! Comme elle est heureuse! Quand on l'appelle pour monter au tableau, elle marche la tête haute et ses yeux brillent. Elle prend un morceau de craie. On demande à chaque enfant d'écrire son nom au tableau. Ça, elle n'y a pas pensé. Qu'est-ce qu'elle va faire? Elle dessine quelques bâtons.

La maîtresse la regarde avec étonnement :
– Tu as oublié pendant les vacances comment on écrit Rosalie?
Rosalie dit :
– Oui, j'ai un peu oublié.

Dans la maternelle, on a distribué aux enfants des feuilles de papier et on leur a dit de dessiner une maison. Une petite fille a posé sa tête sur son bras et sanglote.
– Qu'est-ce qu'il y a, Sophie Hischine? dit la maîtresse en s'approchant.

Et quelle n'est pas sa surprise, quand elle soulève la tête de l'enfant, de voir la phrase suivante parfaitement écrite sur la feuille de papier : « Je sais écrire et Rosalie ne sait pas. »

A la récréation, les deux maîtresses se racontent ce qui s'est passé, et les deux cousines changent de classe. Oh! Rosalie a été bien grondée!

Le violon

Ce soir-là, les parents de Rosalie, qui aiment la musique, ont organisé un concert dans leur maison. C'est toute une affaire! Dans le grand salon, on a mis en rang des petites chaises dorées, Mme Hischine fait asseoir les invités, et puis elle-même, très majestueuse dans sa longue robe noire couverte de dentelle, s'asseoit devant le piano grand ouvert. Alors entre le violoniste. Il salue. Tout le monde applaudit.

Naturellement, on avait d'abord

envoyé les enfants se coucher. Mais pour Rosalie, qui est curieuse et qui adore la musique, il est impossible de s'endormir. Elle murmure à sa sœur :
– Machenka, tu dors?
– Non.
– Si on descendait voir?

Macha dit qu'elle en aurait bien envie mais que non, elle a peur. Dès qu'elle entend les premières notes du concert, Rosalie, elle, ne peut pas résister à la tentation. Elle saute hors du lit, dégringole l'escalier, entrouvre la porte du grand salon et à quatre pattes se glisse sous le piano. Personne ne l'a vue. Là, elle écoute de toutes ses oreilles. La musique est si belle qu'elle oublie où elle est. Quand le violon se tait, Rosalie enthousiasmée crie :
– Bravo!

Stupéfaite, la maman se baisse, et que voit-elle?
— Veux-tu tout de suite remonter te coucher! crie-t-elle.

Mais le violoniste lui fait signe en souriant. Et Rosalie, qui ne sait plus ce qu'elle fait, lui saute au cou!
— Si tu aimes tant la musique, dit le violoniste, je t'invite à venir me voir demain chez moi, et je jouerai pour toi toute seule.

Rosalie remonte dans sa chambre et se glisse dans ses draps, heureuse. Le lendemain, sa nounou la conduit jusqu'à la maison du violoniste.
— Comment ça se fait que le violon joue si bien? demande Rosalie.
— Il y a une minuscule petite fille au fond de mon violon, elle chante

quand je lui fais signe comme ça avec mon archet.

Pendant toute la matinée, le violoniste joue, et pour Rosalie c'est comme un long voyage au pays des merveilles.
– Mais quelle heure est-il? demande soudain Rosalie.
– Midi. Tu as faim?
– Ah! Il n'y a rien à manger dans la maison du violoniste. Il décide d'aller faire un marché pour pouvoir préparer le déjeuner.

Avec précaution, Rosalie prend le violon. Très doucement, elle parle à la minuscule petite fille dans la fente de l'instrument.
– Sors du violon, je veux te voir.
Mais il n'y a pas de réponse.
– N'aie pas peur, montre-toi, voyons.
Rien. Alors, Rosalie met sa main dedans pour essayer de l'attraper.

peur disparue, elle retrouva une vigueur nouvelle. Elle projeta les bras en arrière, attrapa d'une main un bout de chemise d'Erich, de l'autre une oreille.

Erich grogna et donna des coups de genoux dans le derrière de Kathi. Cela lui faisait mal, mais elle ne lâcha pas pour autant ni la chemise ni l'oreille. Tout au contraire! Elle pinça de toutes ses forces l'oreille entre deux doigts et, sous la chemise, elle sentit les bourrelets du ventre dans lesquels elle planta ses cinq ongles le plus profondément qu'elle put.

Erich tremblait et gémissait, puis il hurla :
– Erika, Erika!

Erika, qui était restée jusque-là devant la porte de l'école et se rongeait nerveusement les ongles, courut au secours d'Erich en criant à Kathi :
– Lâche-le immédiatement! Ce n'est pas du jeu! On ne pince pas les oreilles!

Elle plongea alors les deux mains dans les boucles noires de Kathi et les tira violemment.

L'après-midi, Rosalie et ses parents se rendent dans le plus beau magasin de Moscou choisir le plus beau violon. Tout de suite, ils vont l'apporter au violoniste. Il hésite, prend son nouvel instrument, le regarde longuement, puis commence à jouer.

– La minuscule petite fille qui est dedans, dit-il, a une voix pure, oui, pure, encore plus pure que la voix qui était dans mon ancien violon.

– La petite fille, elle est dans tes doigts! crie Rosalie.

Tout le monde est de bonne humeur et se met à rire.

La petite bête et le volcan

Toute la famille passe des vacances en Italie. Quelles vacances magnifiques! Ce jour-là surtout est une grande fête, parce qu'on a décidé de monter sur le volcan Vésuve qui crache de la fumée. Le papa explique qu'au sommet de la montagne il y a un creux et que dedans il y a le feu du ventre de la terre. On escalade la montagne. C'est long. En approchant du sommet, Macha commence à avoir un peu peur, mais pas Rosalie.

– Il ne faut pas s'approcher du

bord, dit leur maman d'une voix essoufflée.

Rosalie court en avant tandis que Macha tient la main de sa maman. Le papa, lui, est assis sur un âne qui monte tout doucement, plus loin derrière.
– Oh! on sent que ça devient plus chaud! crie Rosalie à sa maman. Ecoutez! On entend le feu qui gronde à l'intérieur!
– Ne va pas plus loin! crie sa maman.

Mais Rosalie a vu un scarabée. Un beau scarabée à la cuirasse rouge et or. Elle a voulu l'attraper pour le regarder. Mais le scarabée s'est précipité de toute la vitesse de ses petites pattes en avant dans le creux du volcan. Rosalie s'élance à sa poursuite pour le sauver. Pauvre scarabée! Il s'est senti en danger et, pour échapper à la petite fille, il va se jeter dans le feu. Ça y est! Elle le tient entre ses doigts. Mais elle respire difficilement, tellement la chaleur est devenue forte. Elle se précipite hors du cratère, déjà le bout de ses cheveux et le bas de sa robe commencent à brûler. Ses parents accourent et, en jetant tout de suite un manteau sur elle, ils éteignent les flammes. Rosalie pose l'insecte sur l'herbe et le regarde s'éloigner tranquillement.

– Maintenant, rentre vite dans ta maison, petit scarabée, dit-elle.

Les parents sont si contents, si soulagés qu'ils n'ont même pas le courage de gronder Rosalie.

La poupée dans le train

Rosalie tient parfois de longues conversations avec sa poupée. Elle lui raconte ce qui se passe à l'école, les bonnes et les mauvaises choses. Même les choses qu'elle ne raconte pas à sa maman, elle les raconte à sa poupée. Par exemple ses méchancetés, ses chagrins. Alors sa poupée la gronde, ou la console.
– Ma poupée, elle est vivante? demande un jour Rosalie à sa maman.
– Si elle te parle, si elle te donne

des conseils, c'est qu'elle est vivante, répond la maman.

– Tu sais, Macha, elle est vivante, dit Rosalie à sa sœur un soir au moment de s'endormir.
– Ce que tu es bête! Maman a dit ça pour se moquer de toi.
– C'est toi la plus bête, répond Rosalie.
Mais elles avaient trop sommeil pour se disputer.

Rosalie est heureuse. Car le grand jour approche. Le jour où, pour la première fois de sa vie, elle va monter dans un train. Elle va rendre visite à Milia, sa cousine, qui habite dans une petite ville à deux cents kilomètres de là.

Beaucoup de choses n'étaient pas encore inventées : les autos n'existaient pas encore, ni le téléphone, ni l'électricité. On commençait seulement à voir les premiers trains avec leur haute cheminée et leur flot de fumée noire traverser la campagne en faisant un bruit d'enfer.

Quand le monstre entra en gare, Rosalie pressait sa poupée de toutes ses forces contre son cœur. Et la vieille chère nounou, qui était si chauve et si vieille que personne ne savait plus quel âge elle avait, faisait mille signes de croix sur sa poitrine et marmonnait : « *Bòje moï, Bòje moï.* »

Voici Rosalie et sa nounou bien installées dans leur compartiment. La maman, avant de descendre sur le quai, fait ses dernières recommandations.

— Cette poignée rouge, qu'est-ce que c'est? demande Rosalie.
— Tu n'as qu'à lire : « Signal d'alarme. Interdit de toucher sauf péril mortel. » Ça veut dire qu'on ne doit tirer la poignée que si la vie de quelqu'un est en danger.

Voilà nos voyageurs partis. Oh! Rosalie ne s'ennuie pas! Elle regarde les gens assis sur les banquettes. Elle compte combien il y a de paniers, de valises, d'animaux en tout dans le compartiment. Voici que le train s'engage dans une vallée profonde, il longe un fleuve majestueux. Rosalie ouvre une fenêtre et se penche au-dehors; elle explique à sa poupée qu'il ne faut rien laisser perdre du paysage.
— Ouvre bien tes yeux, dit-elle, regarde comme c'est beau.

Et le train traverse lentement, à grand fracas, en jetant un torrent de fumée noire, un pont au-dessus du fleuve. C'est si beau que Rosalie applaudit des deux mains.

Catastrophe! Elle a lâché sa poupée, qui est tombée dans le vide.

Pas le temps de réfléchir! Rosalie se précipite et tire le signal d'alarme.

Le train s'arrête si brusquement que, dans le compartiment, tous les gens sont tombés les uns sur les autres, et les bagages sur la tête des gens, et les bébés et les poulets et les canards, et tout le monde crie et se demande si c'est un déraillement ou même la fin du monde. « *Bòje moï! Bòje moï!* »

Mais voici le conducteur du train, l'œil sévère. Il court d'un compartiment à l'autre pour découvrir qui a tiré le signal d'alarme et pourquoi.

– C'est moi, dit Rosalie, j'ai laissé tomber ma poupée.
– Regarde ce que tu as fait! Tout ça pour une poupée! dit le conducteur. Tu n'as pas honte?
– Mais elle est vivante, explique Rosalie.
– Vivante? demande le conducteur étonné.
– C'est la vérité, elle sait regarder le paysage, elle comprend quand je lui parle, elle me dit des choses. Il faut la sauver, monsieur le Conducteur.

Rosalie avait une grosse larme au coin de chaque œil. Le conducteur a sauté du train, est allé ramasser la poupée, la lui a tendue et, tandis que Rosalie la serrait

dans ses bras en souriant, le conducteur lui disait :
- La prochaine fois que tu tireras le signal d'alarme pour ta poupée, je te frotterai les oreilles si fort qu'on pourra en faire des croquettes.

La piqûre

Ce jour-là, Rosalie est rentrée de l'école avec mal à la gorge, le nez qui coule, et de petits yeux rouges. Sa vieille grand-mère lui a pris sa température. Trente-neuf cinq. Chic! se dit Rosalie, je suis malade!

Rosalie aimait bien être malade. D'abord, elle n'ira pas à l'école pendant quelques jours. Ensuite, on lui mettra une bouillotte chaude aux pieds et tout le monde dans la maison s'occupera d'elle; on transportera son lit dans la chambre de Papa et Maman; on lui apportera du bouillon de légumes et des biscottes sur un plateau; sa nounou lui racontera des histoires. Tout cela, c'est un peu la fête. La seule chose que Rosalie ne veut pas, c'est qu'on lui fasse des piqûres. Elle déteste les piqûres. Elle a décidé que, cette fois-là, on ne lui en ferait pas.

Le lendemain matin, le docteur est venu et lui a dit de tirer la langue et de faire « aaah... ». Avec son gros doigt, il a fait toc toc partout sur la poitrine et sur le dos, ça c'est assez amusant. Mais le plus amusant, c'est quand il promène son téléphone sur Rosalie en disant : « Toussez... Respirez... Toussez... »

Quand il a fini de l'examiner, il parle à voix basse avec Mme His-

chine. Mais Rosalie tend l'oreille.
– Non, ça n'est pas grave, dit le docteur. Malheureusement, ce soir je n'ai pas apporté ma seringue. Mais je reviendrai demain matin à huit heures.

Il dit bonsoir et il s'en va.

Rosalie ne dit rien à sa maman. Mais elle a décidé que le méchant docteur ne lui ferait pas de piqûre.

Le lendemain, elle se réveille avant tout le monde. Silencieuse comme un lézard, elle se glisse hors du lit, s'habille, met son manteau et son chapeau, et la voilà dehors qui court, qui court, jusqu'à ce qu'elle arrive chez Mlle Popova, une voisine.

– Bonjour Rosatchka, dit Mlle Popova étonnée, qu'est-ce que tu viens faire? Tu ne vas pas à l'école aujourd'hui?

— Il n'y a pas classe, la maîtresse est malade, dit Rosalie. Alors je viens vous tenir compagnie, parce que vous êtes toujours si seule!
— C'est gentil, dit Mlle Popova, mais justement je dois sortir faire mon marché.
— Ça ne fait rien, dit Rosalie, je vais regarder des livres.

Quand neuf heures sonnent, Rosalie retourne à la maison. Jamais elle n'a vu sa maman si furieuse.
— Fille insupportable! Ce pauvre docteur qui est venu pour rien! Sortir dans la rue quand on a quarante de fièvre! Tu vas devenir très très malade si tu fais ça, et quand tu vas mourir, qui va pleurer? fait la maman.

Rosalie ne répond pas. En se glissant dans son lit, elle se dit : « Je n'aime pas mourir. Je n'aime pas qu'on me gronde. Mais j'aime mieux mourir ou me faire gronder que de me faire faire une piqûre. »

Le papa et la maman de Rosalie décident de l'enfermer à clé dans sa chambre. Puis, on envoie la nounou chez le docteur pour lui dire qu'il peut venir cet après-midi : il est sûr, cette fois, de trouver sa petite malade.

C'est l'heure du déjeuner. Rosalie boit son bouillon de légumes, dans lequel elle casse des morceaux de biscotte qui flottent comme des petits bateaux.
— Mais je ne veux pas qu'on me fasse une piqûre, dit-elle d'une voix résolue à sa maman, qui ne répond rien.
Rosalie s'endort. C'est un coup

de sonnette à la porte qui la réveille.

– Ce n'est pas le docteur? demande-t-elle avec inquiétude.

Quand la porte de sa chambre s'ouvre et qu'elle le voit entrer avec sa petite valise, elle ne dit pas bonjour, elle crie :

– Je ne veux pas de piqûre!

– Juste une petite de rien du tout pour te guérir, ça ne va pas faire mal, dit le docteur en ouvrant sa valise.

– Non! crie Rosalie et elle se met à se débattre comme un beau diable pendant que sa maman essaie de la tenir.

Elle saute du lit, sa maman la rattrape.

– Non! crie Rosalie en gigotant des jambes et des bras. Non! Non!

Le docteur est un homme très

fort. Il la met à plat ventre sur ses genoux pendant que sa maman lui tient les chevilles et la nounou les poignets. Elle ne peut plus bouger.

Le docteur tient la seringue dans une main, il engage l'aiguille dans la seringue, il prend un petit bout de coton et la bouteille d'alcool, il frotte la fesse de Rosalie avec le coton. Tout est prêt.

Il va, maintenant, enfoncer l'aiguille dans la fesse de Rosalie lorsque, tout d'un coup, elle jette la tête en arrière et mord à pleines dents la main du docteur. Elle a mordu si fort que le sang a giclé. Le docteur a poussé un petit cri et a laissé tomber la seringue; la seringue s'est cassée. Quel scandale! La maman de Rosalie est confuse, elle fait mille excuses au docteur qui, l'air très fâché, enroule un bandage autour de sa main.

Le lendemain matin, le docteur est revenu avec un gros pansement à la main et une seringue toute neuve.
– Maintenant que tu m'as fait une piqûre à la main avec tes dents pointues, dit le docteur en souriant, tu vas me laisser te faire une piqûre à la fesse, c'est juste, n'est-ce pas?
– C'est juste, soupire Rosalie.

Et cette fois, gentiment, elle laisse faire le docteur. Ça n'a pas fait très mal. Et bientôt elle est guérie.

La barbe du ministre

Le papa de Rosalie annonce un soir :
— J'ai invité le ministre à dîner, il viendra samedi, dans deux semaines, et il passera la nuit chez nous, à Sakolniki.
La maman de Rosalie répond :
— Tu as osé l'inviter! Et il a accepté? *Bòje moï*, comme je suis contente! Ça va faire du bien à tes affaires. Mais il va falloir lui préparer un dîner inoubliable.
— Je te fais confiance, dit le papa avec beaucoup de gravité.

Les automobiles, ça n'existait pas encore, et même un ministre devait monter dans une voiture à cheval pour se déplacer. Il fallait deux heures en troïka pour aller de Moscou à Sakolniki, aussi les invités, qui mangeaient et buvaient toujours beaucoup, restaient-ils dormir à la maison pour ne retourner chez eux que le lendemain matin.

Pendant deux semaines, grands préparatifs! On lave les vitres, on bat les tapis, on fait briller les meubles. La maman de Rosalie est une très bonne cuisinière. La nuit elle ne dort pas : elle réfléchit aux plats merveilleux qu'elle va préparer. La veille du grand jour, le papa réunit la famille et tient ce discours :
– Soyez polies, dites bonjour et

bonsoir, pendant le dîner ne dites pas de bêtises, ne mettez pas vos doigts dans le nez, essuyez-vous la bouche, et aussi les pieds, montrez que vous êtes bien élevées.

Le papa hausse les sourcils et ajoute :
– C'est surtout pour toi que je dis ça, Rosatchka.

Quand sonne la cloche de bronze du portail, tout le monde se précipite pour accueillir le ministre, y compris la vieille nounou qui n'avait plus de cheveux. Rosalie est très impressionnée par le ministre : il a un gros ventre, une grosse voix et une grande barbe. Rosalie le trouve très beau et décide, quand elle sera grande, de se marier avec un ministre. Au moment où l'on se met à table, elle demande :

– Votre Excellence, comment est-ce que tu es devenu ministre?

Le papa de Rosalie a rougi et le ministre a un peu toussé. Heureusement les plats sont arrivés. Les zakouskis d'abord, c'est-à-dire toutes sortes de hors-d'œuvre que Rosalie adore : surtout le chou rouge, le foie de poulet haché mélangé avec des œufs durs, et le hareng! Puis le bortsch, c'est-à-dire la soupe de betteraves qu'on mange avec des petits pâtés de viande chauds qui s'appellent pirojkis.

Avec tout cela, on boit beaucoup de vodka et, pour montrer qu'il est content, le ministre vide son verre d'un coup et le jette par-dessus son épaule. Le verre éclate en mille morceaux. Le papa de Rosalie est très flatté et fait de même. Le ministre vide un

deuxième verre et le jette contre le mur en poussant un grognement de délice qui fait trembler la table. Le papa à son tour avale le contenu d'un deuxième verre de vodka et le brise contre le mur. Lui aussi, par politesse, il grogne très fort. « Pourvu que Rosalie se taise, pense-t-il seulement, et tout ira bien. » Mais Rosalie ne peut pas s'empêcher de demander :
– Votre Excellence, pourquoi as-tu une si grande barbe?

Le papa chuchote :
– Tais-toi avec tes questions stupides! On ne dit pas tu à Monsieur le Ministre!
– Monsieur le Ministre, continue Rosalie, votre barbe, quand vous dormez, vous la mettez par-dessus le drap, ou par-dessous?

Le ministre a l'air embarrassé. Jamais il ne s'est posé la question.

Il ne sait pas. Comment peut-on savoir ce qu'on fait quand on dort?

Et voilà qu'arrive sur la table un magnifique agneau rôti entier, sauf la tête et la queue, et devant ce spectacle le ministre pousse un grognement de joie qui souffle la moitié des bougies. On apporte aussi des pommes de terre dorées sur un lit d'épinards bordé de carottes. Tout cela dégage une odeur de paradis.

Rosalie a vu le regard lourd de chagrin de son papa quand elle posait des questions. Maintenant elle décide de ne plus rien dire, d'ailleurs sa gourmandise fait qu'elle n'a plus le temps d'ouvrir la bouche pour autre chose que pour manger.

« Par-dessus? Par-dessous? » se demande-t-elle simplement, en glissant une cuiller pleine de fraises à la crème chantilly entre ses lèvres.

La nuit est tombée. Les filles vont se coucher. Rosalie s'endort. Puis, au milieu de la nuit, elle se réveille. Elle a mal au ventre. C'est qu'elle a trop mangé. Elle se lève, il faut qu'elle aille aux cabinets. Dans le couloir sombre, elle passe devant la chambre où dort le ministre.

Elle ne résiste pas à l'envie d'aller voir comment il dort.

Elle pousse la porte.

Dans le clair de lune, elle voit que la barbe est dehors.

Elle se dit : « Pauvre barbe, elle va prendre froid. »

Sur la pointe des pieds elle s'approche, elle prend la barbe entre ses petits doigts, là, maintenant elle l'a remise sous le drap.

Tout d'un coup elle entend la grosse voix du ministre :

– Quel est le petit oiseau qui me tire la barbe?

Le ministre craque une allumette, allume la chandelle. Folle de peur, Rosalie a sauté sur le ventre du ministre.

– Aïe! Pourquoi viens-tu me tirer la barbe?

Rosalie explique : elle ne voulait pas que la barbe attrape un courant d'air.

Entendant cela, le ministre éclate d'un rire si énorme que les parents de Rosalie se réveillent en sursaut. Effrayés, ils sortent du lit et s'arrêtent devant la porte de la chambre du ministre. Mais le ministre a éteint la chandelle. Et quand les pas des parents se sont éloignés, Rosalie s'enfuit et regagne son petit lit où elle s'endort profondément.

Le lendemain au petit déjeuner, la maman demande :
– Votre Excellence a bien dormi?
– Oui, répond le ministre, mais un petit oiseau est entré dans ma chambre et m'a sauté sur le ventre.
– Est-ce possible? s'écrie la maman, la fenêtre et la porte de votre chambre étaient fermées!

Alors, deux grosses larmes coulent le long des joues de Rosalie.

Le ministre dit :
– Rosatchka, viens ici.

Il la prend sur ses genoux et rit gentiment. Rosalie se met à rire. Toute la famille rit maintenant.

La méchante Mlle Tarabouchenko

Rosalie, qui était en classe de huitième, avait une maîtresse qui s'appelait Mlle Tarabouchenko. Elle était horriblement sévère. Même les autres maîtresses la craignaient. Elle n'aimait qu'une seule créature : c'était son chat.

Elle avait des cheveux gris qui étaient tout le temps pareils, avec une raie au milieu, tout plats...

Quand elle allait à l'école, Rosalie emportait toujours un biscuit ou une pomme. Souvent, pendant la classe, elle avait faim, alors elle ouvrait son pupitre et, en cachette, elle prenait une bouchée.

Un jour qu'elle avait très faim, elle ne s'est pas aperçue que Mlle Tarabouchenko se tenait juste derrière elle. Quand elle a pris sa bouchée, Mlle Tarabouchenko a saisi Rosalie par ses nattes, l'a traînée jusqu'à l'estrade et l'a interrogée :
– Elève Hischine Rosalie, que mangez-vous?

Rosalie ne répond pas.
– Ouvrez la bouche!

Rosalie serre les lèvres.

Alors la maîtresse lui enfonce les doigts dans la bouche, en retire un morceau de pomme et le montre à toute la classe.

Rosalie a très honte.

En récréation, on décide de

jouer un tour à la maîtresse.
- Oh! je sais! s'écrie Rosalie. Si on attrapait une souris pour en faire cadeau au chat de Mlle Tarabouchenko?
- D'accord! D'accord!

Le lendemain, il y a justement une souris dans le piège qui est dans la cave de la maison de Rosalie. Rosalie la prend, fait un paquet et le met dans la boîte aux lettres.

Mlle Tarabouchenko a reçu le paquet à l'école. C'est le concierge qui le lui apporte pendant la classe. Elle est très étonnée, car elle ne reçoit jamais de paquets : elle n'a pas d'amis! Dans le paquet, il y a une lettre : « Chère Mademoiselle, voici pour votre chat adoré. » Elle déroule le papier, et la

souris tombe sur la table. Elle hurle, elle grimpe debout sur sa chaise, elle se tire les cheveux et ses cheveux tombent. Toute la classe voit que c'est une perruque et crie de joie devant le crâne chauve de la maîtresse. Pendant ce temps, elle s'exclame :
— Jamais je ne donnerai ça à mon pauvre petit chat, il déteste les souris autant que moi.

Elle a remis sa perruque; maintenant, elle s'est rassise sur sa chaise et elle regarde ses élèves.
— Que celle qui a fait cette plaisanterie abominable ose lever le doigt!

Rosalie hésite, et lève le doigt. Une autre élève lève le doigt, et puis une autre, encore une autre. Toutes les filles ont levé le doigt!

Depuis cette aventure, Mlle Tara-

bouchenko a changé de perruque. Maintenant ses cheveux ont la couleur du soleil. Elle est moins sévère et quelquefois elle sourit.

La robe de sa maman

L'anniversaire de sa maman approche. Quel cadeau va lui faire Rosalie? A l'école, on a appris à fabriquer des chapeaux en cousant ensemble des bouts de chiffon et de tissu de toutes les couleurs. C'est très amusant à faire. Mais à la maison, Rosalie ne trouve ni vieux chiffons ni morceaux de tissu. En cachette, elle a fouillé sans succès tous les placards, les commodes, les armoires de la maison. Elle se tient, maintenant, debout sur un tabouret, devant la garde-robe ouverte de la chambre de ses parents.

« Tiens! voilà une robe toute noire qui n'est pas bien jolie, sûrement maman ne l'aime pas : jamais je ne l'ai vue la porter », se dit Rosalie.

Elle décroche la robe, découpe dedans un rond de tissu, la remet à sa place. Toute contente, elle s'installe dans sa chambre et, avec ses ciseaux, son aiguille et son fil, elle invente le plus élégant des chapeaux.

Naturellement, il faut changer la couleur. Rosalie sort sa boîte de peinture. Avec un pinceau, elle trace des bandes rouges et jaunes; dans les bandes jaunes elle peint des petits poissons bleus et des petits arbres marron foncé.

Le grand jour arrive. Il n'est pas sept heures du matin que les deux

filles frappent à la porte de la chambre de leurs parents. Elles sont si impatientes! « Bonne fête, Maman! » Macha apporte un petit lézard en pâte à modeler. Elle regarde avec envie le cadeau qu'apporte Rosalie. Bien sûr, la maman dit qu'elle aime beaucoup le petit lézard. Mais elle rit de plaisir en regardant le chapeau qu'a fait Rosalie. Macha est un peu jalouse.

Quelle belle journée! A midi, on s'est régalés en mangeant des croquettes de poulet avec de la cacha et des cornichons. Le soir, les parents sont invités à un grand bal. Mme Hischine est montée s'habiller. Comme d'habitude, M. Hischine s'impatiente.
– Nous allons être en retard!
– Tout de suite!

La voici enfin, presque prête. Elle accroche son collier de perles. Elle est souriante, tout heureuse d'aller danser. Le papa la regarde avec admiration. Tout d'un coup il se met à rire. Il rit si fort qu'il ne peut pas parler. Il y a un trou dans la robe : un grand trou rond à l'endroit du derrière.

La maman de Rosalie, elle, ne rit pas. C'est un désastre : la robe toute neuve que le papa lui a offerte pour son anniversaire! La robe qu'elle allait porter ce soir pour la première fois!

Elle a pleuré. Rosalie aussi. Et puis, elles se sont jetées dans les bras l'une de l'autre. Mme Hischine a mis une autre robe et elle est allée danser. Avec son beau chapeau rouge et jaune et, dans son sac, un petit lézard.

La dame qui lave sa chemise

Par un beau jour d'été, Rosalie et Macha étaient parties en promenade le long de la rivière avec leur vieille nounou.

Rosalie gambadait par-devant, ou bien traînaillait par-derrière, ramassant des bouts de bois, des bouts de ficelle, des cailloux. Tout le temps, la vieille nounou criait : « Attends-moi, Rosatchka! » ou, au contraire : « Rosatchka, dépêche-toi! » Pendant ce temps, Macha cheminait tranquillement, la main dans la main de la nounou.

Cette fois, Rosalie est loin devant. Elle aperçoit une longue chemise blanche qui sèche sur le bord de la rivière. « Quelle jolie chemise! se dit-elle, je vais l'emmener à la maison pour la donner à ma maman. »

A ce moment, un cri la fait sursauter.

– Pitié! Ma chemise! Ma seule chemise!

On dirait que la voix sort du milieu de la rivière. Rosalie court sans oser regarder.

– Au voleur! Ma seule chemise!

Cette fois, Rosalie s'arrête et voit la tête d'une dame dans la rivière. La tête s'approche. On voit maintenant les épaules, la poitrine. La dame va sortir de l'eau. Elle est toute nue.

– Petite fille! Rends-moi ma chemise! C'est ma seule chemise que je viens de laver...

Rosalie a lâché la chemise; elle pense qu'elle ferait bien de s'enfuir. Mais, en pensant à la pauvre dame toute nue qui lavait sa seule chemise, elle est prise d'un fou rire si fort qu'elle est obligée de s'arrêter de courir : elle ne peut plus respirer.

La dame a ramassé sa chemise, elle l'a vite enfilée; pendant ce temps, la vieille nounou s'est approchée en criant :
– Vilaine Rosalie! Tu n'as pas honte de ramasser les chemises des dames qui se lavent?

D'un côté la dame, de l'autre la nounou ont empoigné chacune une oreille de Rosalie, et elles ont marché comme ça, toutes les trois, jusqu'à la maison. Pendant ce temps, Machenka, elle, gambadait gaiement par-devant, par-derrière, jouant avec des bouts de bois et des cailloux.

La ville endormie

Il y a très longtemps de cela, il y a deux mille ans, une ville grande et belle se dressait au pied du volcan Vésuve. D'habitude, de la bouche du volcan ne sortait qu'un petit filet de fumée. Mais, une nuit, le Vésuve s'est réveillé et d'un seul coup il a craché des boules de feu qui ont roulé le long de la montagne et ont recouvert toute la ville comme un manteau. C'est arrivé si vite que les habitants de la ville n'ont pas eu le temps de comprendre ce qui leur arrivait.

Des milliers d'années plus tard, des archéologues sont venus creuser pour découvrir la ville endormie. Sous la cendre durcie, dans les maisons et dans les rues, on a retrouvé les habitants de la ville, devenus durs comme des biscottes. Ils n'avaient pas eu le temps de souffrir. Ils étaient morts d'un seul coup, en train de marcher, de faire la cuisine, de bavarder ou de dormir.

M. Hischine, qui a emmené sa famille en vacances en Italie, décide qu'on ira visiter cette fameuse ville.

– Restons ensemble, a-t-il recommandé à ses enfants, parce qu'il y a des centaines et des centaines de petites ruelles tortueuses, on peut s'y perdre facilement.

Rosalie et Macha sont impressionnées : elles se promènent ici et là, en prenant soin de ne pas perdre de vue leurs parents. Le silence de cette ville est un peu effrayant. Les maisons n'ont plus de toits, mais il y a encore des meubles, et de très jolies salles de bains. Ce qui intéresse le plus Rosalie, ce sont les personnes qui sont dans les maisons, mortes il y a des milliers d'années, mais qui ont l'air encore vivantes : voilà deux vieux en train de manger, voilà un enfant en train de jouer, voilà même un petit chat...

Et tout d'un coup, Rosalie voit un petit chien qui bouge, lui, et qui gémit, un petit chien qui la suit en boitillant. Rosalie se baisse, le prend dans ses bras et le caresse tout doucement.

– Alors, tu t'es réveillé, toi? lui dit-elle. Mais qui t'a fait mal à la patte?

Le petit chien frétille joyeusement de la queue. Quand Rosalie l'a reposé par terre, il s'est mis à gambader et, malgré sa patte cassée, Rosalie a de la peine à le suivre. Le petit chien a l'air de connaître la ville. Il l'entraîne d'une rue dans une autre, et Rosalie s'amuse beaucoup à courir après lui, tournant à gauche, tournant à droite, traversant les palais, les villas, les magasins.

A la fin, un peu fatiguée, elle veut retrouver ses parents. Elle appelle. Aucune réponse ne lui parvient. De toutes ses forces, elle appelle. Elle court de tous les côtés. Elle appelle encore. Rien. Le petit chien la regarde gentiment et a l'air de dire : « T'en fais pas. On va s'installer dans une maison et se reposer un peu. »

Rosalie trouve ce conseil raisonnable. Elle a tellement sommeil! Justement, voilà une villa ornée de jolies peintures sur les murs, où quelqu'un dort déjà : une grande femme allongée la tête sur un oreiller. Rosalie se couche à son côté et s'endort paisiblement.

M. et Mme Hischine, eux aussi, avaient crié pour retrouver Rosalie. Eux aussi avaient cherché de tous les côtés. Ils étaient même entrés dans la villa en ruine où dormait Rosalie. Et ils avaient bien aperçu, dans la semi-obscurité (car la nuit commençait à tomber) une petite fille aux cheveux noirs couchée avec un petit chien dans les bras à côté d'une grande dame très élégante étendue la tête sur un oreiller. Mais ils n'avaient pas reconnu Rosalie. Ils avaient pensé que c'était la fille de la grande dame élégante et qu'elle était là à dormir depuis près de deux mille ans.

Vous vous imaginez l'inquiétude des parents quand ils ont regagné leur hôtel, tard ce soir-là. Ni eux, ni Machenka n'ont pu fermer l'œil. Ce n'est que le lendemain matin que les gardiens et tous les paysans des environs se sont lancés à la recherche de Rosalie. Ils l'ont trouvée, dormant encore profondément, mais le petit chien qui était dans ses bras remuait joyeusement de la queue et, dès qu'il a entendu des pas, s'est mis à aboyer. Alors tout le monde est accouru.

– La voilà! La voilà!

– Oh! comme j'ai bien dormi! a dit seulement Rosalie en s'étirant. Mais j'ai faim, a-t-elle ajouté. Et mon petit chien aussi.

Le rêve rouge

Les confitures, c'était la grande spécialité de la maman de Rosalie. Chaque année, en grande cérémonie, elle en faisait six fois douze pots, c'est-à-dire soixante-douze. Il y en avait douze de cerises, douze de fraises, douze de framboises, douze de mûres, douze de groseilles et douze de cassis. Quel remue-ménage dans la maison pour préparer les fruits, les mélanger au sucre, les verser dans la grosse marmite de cuivre! Et comme ça sentait bon dans la maison! Un délice!

Dans la salle à manger était un placard où tous les pots étaient rangés. Défense aux enfants de l'ouvrir. D'ailleurs, le placard était fermé à clé; Rosalie, qui était une petite curieuse, mourait d'envie de savoir où sa maman cachait la clé. Pas pour ouvrir le placard, oh non! juste pour savoir.

Un jour, elle s'est glissée à plat ventre sous la table de la salle à manger et elle a attendu que sa maman vienne chercher un pot. Elle l'a vue qui accrochait la clé à un clou dissimulé entre le mur et le buffet.

Le lendemain, les parents étaient invités à dîner chez des amis. Macha faisait ses devoirs. Rosalie n'avait pas envie de travailler, ni de lire, ni même de s'amuser. Elle brûlait d'envie d'une seule chose : voir les pots de confitures, pas en manger, oh non! seulement les regarder.

Elle décroche la clé, elle ouvre le placard. Une splendeur. Tous les pots avec leur étiquette, rangés comme des soldats dans leur uniforme rouge, et les soldats semblent dire à Rosalie : « Goûte-moi! Goûte-moi! »

Rosalie résiste à la tentation pendant dix longues secondes. Puis elle plonge son doigt dans un pot, un seul. Puis dans un autre, puis dans un autre encore. Juste un doigt. Ça ne se verra pas, oh non! Mmm! la framboise... Mmm! le cassis... Mmm! la fraise... Mmm!

Le soir, à dîner :
– Tu n'as pas faim? demande la

nounou, est-ce que tu serais malade?
– Non, dit Rosalie, je suis fatiguée.
Et elle monte se coucher. Oh! comme elle a mal au ventre!

Plus tard, lorsque les parents rentrent, ils voient de la lumière dans la chambre des filles. Macha dort mais Rosalie gémit, elle se tourne et se retourne dans son lit.
– J'ai fait un mauvais rêve, maman.
– *Bòje moï!* Rosatchka est toute pâle, elle a la scarlatine, dit la nounou, vite, madame, appelez le docteur!
– Qu'est-ce que tu as rêvé? demande la maman.
– J'étais tombée dans un trou, tout autour de moi était rouge, dit Rosalie.
Elle n'ose pas regarder sa maman. Tout d'un coup, elle se

penche en avant et elle vomit.

La maman regarde ce qui est sorti de la bouche de Rosalie. Elle renifle. Elle court au placard à confitures. Et que voit-elle? Six pots à moitié vides...

Elle revient et s'assied au bord du lit de Rosalie qui cache sa figure sous la couverture.

– Cette fois, je ne vais pas te punir, Rosatchka, dit-elle d'une voix douce, parce que tu t'es punie toi-même. Mais ne fais plus jamais de rêves rouges ou alors, moi, je te ferai rêver de la plus grosse fessée du monde.

Le loup

C'était pendant les vacances de Noël, à Sakolniki. Le jardin était recouvert d'un épais tapis de neige. Il faisait si froid, cet hiver-là, que les loups, qui ne trouvaient plus rien à manger dans les forêts, s'aventuraient jusque dans les villages. Aussi, on avait défendu aux enfants de sortir de la maison.

Mais Rosalie, à la maison, s'ennuyait. Dehors, le soleil brillait. Elle voulait aller se rouler dans la neige, faire des boules de neige, construire un grand bonhomme de neige. Et, secrètement, elle aurait bien voulu voir un loup. Un vrai. Elle ne connaissait les loups que par les images dans les histoires.

Ce jour-là, très tôt le matin, alors que tout le monde dormait encore, elle sort. Elle avance à grandes enjambées dans la neige en enfonçant jusqu'aux genoux. Voici qu'au loin elle entend un hurlement très doux : « ou-ou-ouh... » Le hurlement se rapproche. Et puis, il y a un petit point noir qui grandit, qui grandit. C'est une bête qui court à sa rencontre! C'est le loup!

Il a l'air de glisser sur la neige. Rosalie, elle, ne peut pas courir, tant la neige est molle et profonde. Heureusement, il y a un arbre tout à côté. C'est un jeune arbre, qui se dresse droit comme un poteau.

Rosalie ne savait pas bien mon-

ter aux arbres. Mais, devant le danger, elle s'élance et grimpe aussi vite qu'un singe. Il était temps! Car, quelques secondes après, le loup était au pied de l'arbre, la gueule en l'air, ouverte, montrant une longue langue rouge et de grandes dents pointues comme des couteaux. « Ou-ou-ouh », fait le loup.

Rosalie est accrochée à la première branche de l'arbre et crie : « Au secours! » Elle a si froid aux doigts que bientôt elle devra tout lâcher. Elle a peur.

Dans la maison, la nounou, qui vient de se lever, s'aperçoit que le lit de Rosalie est vide. Elle va réveiller la maman, et toutes deux se précipitent au-dehors. Quand elles voient le loup au pied de l'arbre et Rosalie dans l'arbre, elles attrapent deux grands balais et,

courageusement, sortent en criant de toutes leurs forces :
– Va-t'en! Va-t'en!

Le loup gronde un moment en les regardant avancer avec leurs balais. Puis, tranquillement, il s'éloigne et s'enfonce dans la forêt.

– Ça m'a donné faim, dit Rosalie en courant se réchauffer dans la maison. Je voudrais une grosse, grosse tartine.

Varvara et Rosalie

Rosalie, qui venait d'entrer en septième, s'est vite aperçue qu'il se passait quelque chose d'étrange dans sa classe. Quand elle faisait mal quelque chose, c'est une autre fille, Varvara, qui se faisait gronder. Et quand Varvara faisait quelque chose de défendu, c'était Rosalie qu'on punissait. Mais aussi, quand Rosalie faisait une dictée sans fautes, c'est Varvara que la maîtresse félicitait. Quand Varvara réussissait un problème, la maîtresse disait : « C'est bien, Rosalie. »

Rosalie n'aimait pas du tout Varvara, et Varvara n'aimait pas du tout Rosalie. Mais un jour, les deux filles se trouvent ensemble devant une glace, et elles sont tout étonnées : elles se ressemblent tellement qu'elles ne savaient pas qui était qui. Rosalie ne savait pas si Varvara était elle, ou si elle était Varvara.

– J'ai une idée, dit Rosalie. Si on échangeait nos maisons?
– Comment? demande Varvara.
– Toi, tu vas vivre dans ma maison, et moi dans ta maison. Nos parents ne remarqueront rien.
– Oh! ça serait amusant! dit Varvara. Mais, réfléchit-elle tout d'un coup, ils verront bien que ce n'est pas ma robe, ni mes souliers.

— On va changer de robes et de souliers, voyons, dit Rosalie. Tu me donnes ta barrette et je te donne mon ruban.

Dès que la classe se termine, elles vont aux toilettes et échangent tous leurs vêtements. Rosalie va chez Varvara, et Varvara chez Rosalie.

La maman de Varvara dit à Rosalie :
— Tu es vilaine, Varvara, ce matin, tu n'as pas mis la robe que je t'avais dit de mettre. Pourquoi as-tu mis ta robe du dimanche? Va vite te changer avant le dîner.

Malheur! Rosalie n'avait pas pensé que ça pouvait arriver. Elle ne savait pas où était la chambre de Varvara. Et puis, elle se dit qu'elle aurait dû poser toutes sortes de questions à Varvara. Par exemple, elle ne sait pas si Varvara a des frères ou des sœurs.

Alors, elle a une idée. Elle dit à la nounou :
– Je ne me rappelle pas quelle robe maman voulait que je mette. Viens me la montrer.

La nounou monte. Rosalie la suit et, comme ça, elle sait où est la chambre de Varvara. Elle se change et tout se passe bien. Dans le salon, Rosalie a pris un livre et s'est mise à lire. La maman de Varvara est très surprise que sa fille soit si sage, ce soir, et la félicite.

Un grand monsieur avec une épaisse moustache noire arrive. Rosalie ne l'a jamais vu. Elle lui saute au cou en criant :
– Bonjour, petit papa.

Très content, le monsieur dit :
– Bonjour, mon oiseau, comme tu es mignonne ce soir!

Et on se met à table. La cuisinière apporte une grosse soupière.

La maman dit :
— Puisque tu es si gentille aujourd'hui, je te permets de ne pas prendre de soupe.

Rosalie, qui adore la soupe, mais qui sait que Varvara ne l'aime pas du tout, dit :
— Oh! j'en prendrai un tout petit peu, pour goûter.
— Tiens, dit la maman de plus en plus étonnée.

Rosalie goûte la soupe et dit :
— C'est très bon. Donne-m'en encore. Une assiette pleine, s'il te plaît, maman.
— Ça fait cinq ans que j'essaie de te faire comprendre que la soupe est bonne, dit la maman en écarquillant les yeux.

Et Rosalie en mange cinq assiettes.

Pendant ce temps, chez les parents de Rosalie :
– Va chercher Macha, dit Mme Hischine à Varvara.
– Qui est Macha? demande Varvara sans réfléchir.
– Tu es folle ou tu te moques de nous? demande la maman.
– Ah! tu as dit Macha? Je n'avais pas entendu, dit Varvara.

Et elle crie dans l'escalier :
– Macha! Tu viens, Macha?
– Voilà, j'arrive, dit Macha, mais dis donc, Rosatchka, où as-tu mis ma poupée que je t'ai prêtée hier?
– Quelle poupée? demande Varvara étourdiment.
– Comment? se fâche Macha, tu ne te rappelles pas? Tu m'as juré de me la rendre ce soir.

Et comme Varvara ne sait pas quoi dire, Macha va se plaindre à sa maman :

– Maman, Rosalie est méchante, elle m'a caché ma poupée.

Alors, Varvara fond en larmes et avoue qu'elle n'est pas Rosalie. M. et Mme Hischine l'emmènent chez ses vrais parents. On finissait de dîner quand la sonnette de la porte d'entrée s'est mise à faire « dring-dring ».
– Qui ose venir nous déranger en plein dîner? se fâche le papa, et sa grosse moustache se hérisse.

La bonne est allée ouvrir. Un monsieur et une dame qu'elle ne connaissait pas sont entrés, avec une petite fille en larmes qui se cache la figure.

Dès le coup de sonnette, Rosalie a deviné. Elle s'est glissée sous la table.
– Qu'est-ce que tu fais sous la table, Varvara? demande la maman, de plus en plus étonnée par la conduite de sa fille.

Mais, en voyant entrer les visiteurs, elle comprend tout. Les quatre parents se font des excuses et rient beaucoup. Depuis, les deux familles sont devenues amies. Les deux filles aussi.

– Mais quand je serai mariée, dit un jour Rosalie à Varvara, ne va pas te tromper de mari, s'il te plaît.

Le dixième anniversaire

M. et Mme Hischine ont décidé d'inviter tous les enfants de Sakolniki et leurs parents pour le dixième anniversaire de Rosalie.
– Qu'est-ce qui te ferait plaisir? demande la maman, souriante. Aujourd'hui, tu peux décider tout ce que tu veux.

Rosalie réfléchit :
– Je veux mettre le couvert moi-même, toute seule, répond-elle.

C'était si gai de disposer sur les tables toutes les bonnes choses : les sandwiches au jambon, les

gâteaux, les bonbons acidulés, la crème au chocolat, les biscuits à la cuiller, les biscuits aux amandes, et les jolies carafes de cristal.
« Je vais leur faire une petite farce », se dit Rosalie.

Elle place les carafes de vodka sur la table des enfants, et les carafes de limonade sur la table des grandes personnes.

Arrive l'heure du goûter; les enfants se précipitent à table pendant que les grandes personnes finissent leur partie de cartes.
Un petit garçon dit :
– Mais elle n'est pas bonne, cette limonade.
– Elle vient de la source au fond de la forêt, répond Rosalie, c'est une source magique, il faut en boire, sinon vous ne serez jamais forts.

— Mais ça brûle la gorge, dit Nadia, la fille du marchand de charbon.
— Il faut que ça brûle, voyons, dit Rosalie.

Et tous les enfants d'obéir. Ils boivent, ils mangent, ils boivent encore. Puis ils vont jouer. Mais l'un dit :
— Oh! que je suis fatigué!
— Moi aussi! dit un autre.
— La terre tourne autour de moi! dit un troisième.

Et les voilà qui tombent comme des quilles les uns sur les autres, et qui ne se relèvent plus.

Les parents se sont mis à table. M. Hischine remplit les petits verres à vodka. On trinque, on porte le verre aux lèvres. Et on fait la grimace.
— C'est la limonade des enfants! s'écrie M. Hischine.

– *Bòje moï!* Rosalie s'est trompée, gémit Mme Hischine. Les enfants ont bu toute la vodka!

Les grandes personnes se sont levées, elles courent ici et là dans le parc et cherchent les enfants. Enfin, elles trouvent un tas de petits bras, de petites jambes et de petites têtes entremêlés dans l'herbe.

Que faire? Les parents discutent entre eux. Finalement, ils décident d'aller remplir de grands seaux d'eau. Ils les soulèvent et les renversent sur le tas d'enfants qui, sous la douche, commencent à se réveiller, à gigoter, à pleurnicher.

Mais comme ils ont ri, après! Et quel merveilleux souvenir ils ont gardé de cet anniversaire!

La vache et le puits

Mme Podassinovitch, qui est la meilleure amie de la maman de Rosalie, a un bouton avec trois petits poils sur le menton et vient de déménager à la campagne dans une grande et magnifique maison avec un toit pointu.

Ce dimanche-là, les Hischine sont invités pour la première fois dans sa nouvelle maison.

– Vous pouvez aller jouer dehors, dit Mme Podassinovitch, mais ne vous approchez pas du puits qui est au fond du jardin, il y a de l'eau dedans et il est très profond.

Les deux dames prennent le thé au salon pendant que les deux petites filles jouent au gendarme et au voleur. C'est Rosalie le voleur. Elle court, elle court, et trouve une cachette derrière un bouquet d'arbres.

Macha, qui ne savait pas ce que c'est, un puits, s'arrête tout essoufflée devant le petit mur qui a la forme d'un rond; elle se penche par-dessus pour voir si ça n'est pas là qu'il se cache, le voleur. Et tout au fond, tout au fond, qu'est-ce qu'elle voit? Une petite fille qui la regarde.
– C'est toi, Rosatchka? crie Macha dans le trou.

Voici Rosalie qui sort de sa cachette, intriguée.
– Regarde, lui dit Macha, il y a une

petite fille au fond, je croyais que c'était toi qui te cachais.

Les deux petites filles se penchent par-dessus le mur pour mieux voir : il y a deux petites filles, maintenant, au fond, qui les regardent.

Rosalie crie :
- Petites filles en bas, comment vous appelez-vous?

Et la réponse remonte du fond :
- ...Pelez-vous...

Rosalie crie :
- Montez nous voir!

Et la réponse vient :
- ... Ou voir...

Rosalie ne résiste pas à la curiosité. Elle décide de passer ses jambes de l'autre côté et de descendre dans le puits pour faire connaissance avec les deux fillettes.

Mais elle n'a pas vu s'approcher une grosse vache noire et blanche qui pose sa tête avec ses longues cornes pointues sur le petit mur et pousse un énorme « MEUH! »

Rosalie et Macha, épouvantées par le cri de la vache, s'enfuient de toute la force de leurs jambes et courent droit jusqu'à la maison, où Mme Podassinovitch mange des petits fours avec leur maman. Macha raconte leur histoire.
– *Bòje moï!* Heureusement que j'ai une vache, dit Mme Podassinovitch la bouche pleine, si je n'avais pas de vache, vous n'auriez plus de Rosalie.

Le mendiant

Tous les dimanches à Moscou, vers l'heure du goûter, la famille Hischine allait rendre visite à Babouchka, la grand-mère de Rosalie et de Macha. C'était une promenade qu'on faisait toujours à pied, qu'il fasse beau, qu'il pleuve ou qu'il neige, et toujours, on passait devant le même vieux mendiant sale et sans dents, aux grands yeux bleus, assis sur le trottoir à l'angle de deux rues, le chapeau à la main.

— A votre bon cœur, messieurs dames, marmonnait-il.

Mais on ne lui donnait jamais rien; le papa de Rosalie ne le permettait pas.

— On doit faire le bien autour de soi, expliquait-il, de l'argent, j'en donne aux hôpitaux où on soigne les gens qui sont vraiment pauvres. Mais la ville est pleine de gens qui font semblant de n'avoir rien à manger et qui sont plus riches que nous. Allons! venez, les enfants...

Rosalie était sûre que ce mendiant-là, qui avait des yeux si doux, ne faisait pas semblant, lui : il avait vraiment faim, ça se voyait. Chaque dimanche, en passant par là, elle détournait les yeux pour ne pas croiser le regard du mendiant, et son cœur cognait si fort dans sa poitrine qu'elle se disait qu'un jour, sûrement, il allait éclater.

Ce dimanche-ci, en revenant de chez Babouchka, elle annonce qu'elle va voir sa petite amie Lili pour lui demander de lui prêter un livre. En réalité, elle descend au garde-manger, prend le reste du gigot et un hareng, enveloppe tout cela dans un torchon; mais pour manger, se dit-elle, il faut des couverts. Elle décide d'en prendre dont on ne se sert jamais, ou presque. Ils sont enveloppés dans des housses grises et rangés sur la plus haute planche du buffet. Un couteau, une fourchette, mais aussi une assiette, et voilà : elle sort en cachette de l'appartement, dévale l'escalier et court jusqu'au square où est assis le vieux. Elle dépose tout cela devant lui, le regarde un instant, lui sourit, puis s'enfuit sans dire un mot.

La semaine suivante, M. Hischine doit recevoir à dîner des personnages importants du ministère. On sera douze à table. Mme Hischine prépare un repas magnifique. A cette occasion, on va sortir les plus beaux couverts.
— Rosatchka, veux-tu aider ta maman? Ouvre le buffet, monte sur une chaise, tout en haut tu trouveras notre belle argenterie; apporte-moi aussi les jolies assiettes bleu et or avec un soleil au milieu.

Mme Hischine met le couvert, en frottant soigneusement chaque pièce avec un chiffon pour la faire briller.
— Tiens! Il n'y a que onze assiettes! Et onze fourchettes! Comment est-ce possible? Et onze couteaux seulement!

On interroge la cuisinière. Elle ne sait pas. La femme de ménage?

Elle ignore tout. La nounou? Elle n'a aucune idée. Mme Hischine est dans tous ses états. Il y a un voleur dans la maison. Où se cache-t-il?
– Macha! Tu n'as vu personne?

Machenka éclate en sanglots, parce qu'elle n'aime pas rapporter.

Les parents savent que, quand Macha se met dans un coin pour pleurer, cela veut dire que Rosalie a fait quelque chose de mal.
– Rosalie, qu'as-tu fait de ces couverts? demande M. Hischine, en la regardant droit dans les yeux.

Et Rosalie, qui a peur d'être punie, est quand même bien soulagée de tout avouer, parce que son silence lui pèse lourd sur la conscience.

Le papa met son pardessus et son chapeau, prend sa canne, s'en va droit trouver le vieux mendiant. Il lui demande poliment de lui rendre, s'il vous plaît, l'assiette et les couverts qu'avait apportés une petite fille.

Le mendiant ne se donne pas la peine de répondre. Il secoue la tête de bas en haut comme un cheval. M. Hischine sort de son portefeuille un billet de cinq roubles – c'était beaucoup d'argent, surtout pour un mendiant. Mais le vieux continue à secouer la tête comme si ça ne l'intéressait pas.
– Je te donne dix roubles...
Silence.
– Vingt roubles... Cinquante roubles, dit M. Hischine après dix minutes d'efforts sans résultat.

Cinquante roubles, c'était une vraie fortune. A la fin, le vieux dit :
– Tu perds ton temps, monsieur, je

te connais bien, je te vois passer tous les dimanches avec ton ventre plein, mais ton assiette, ta fourchette et ton couteau, je les garde, en souvenir d'une action de gentillesse, en souvenir du sourire d'une petite fille, je les garde, oui! Mais si tu as trop d'argent dans ta poche, tu peux m'en donner, ne te gêne pas.

Et le mendiant de tendre son chapeau en ouvrant toute grande sa bouche sans dents pour laisser échapper un énorme rire.

Bredouille et furieux, M. Hischine rentre à la maison juste au moment où arrivent les premiers invités.

On se met à table. Il y a onze assiettes bleu et or, et une assiette rose.

Le papa, confus, raconte sa

mésaventure. Les invités le consolent : ils aimeraient avoir un enfant avec un cœur aussi grand que celui de Rosalie.

Le radis miraculeux

Rosalie et Macha avaient, à Sakolniki, chacune un petit coin de jardin où elles plantaient des graines de salade et de radis.

Rosalie était fière de ses radis. Surtout de l'un d'eux, qui grandissait plus vite que les autres. Elle l'arrosait deux fois par jour. Il est devenu gros comme une pomme de terre, comme un céleri, comme un chou... Les voisins venaient le voir et chuchotaient : « C'est un miracle... »

Enfin, le jour de l'anniversaire de son papa, elle décide de le déterrer et de le servir. Il avait une belle couleur orange. On le porte à table. Emerveillement. On le coupe. Consternation. Il était plein de pépins, à l'intérieur. Un radis, ça?
– C'est un oiseau qui t'a fait une farce, dit Macha, il a échangé une de tes graines de radis contre une graine de potiron du verger du maître d'école. Je le connais, cet oiseau. Il a un air très moqueur quand il vole devant notre fenêtre, le matin au lever du soleil...

Le château

Depuis longtemps, les parents de Rosalie avaient promis d'aller rendre visite à un ami qui jadis avait été très riche, qui en soixante-quinze ans avait dépensé toute sa fortune, et qui maintenant était si vieux, si vieux qu'il ne sortait jamais de son château, où il habitait seul avec sa cuisinière.

Enfin, le grand jour arrive. Le cocher attelle les chevaux, toute la famille monte dans la troïka. C'est un beau voyage. On traverse des vallées, des collines, des villes rouges et bleues, des villages avec de jolies églises dont les clochers ressemblent à de gros oignons dorés. On couche en route, dans une petite auberge fleurie.

Et le lendemain, vers midi, toute la compagnie arrive au château de M. Trofimov.
Il les reçoit avec un grand sourire, assis dans un fauteuil majestueux. Sa barbe blanche tombe comme une cascade jusqu'à ses genoux. Les rideaux sont fermés. Tout est sombre et mélancolique dans ce grand château.

La cloche sonne, on se met à table. Après les zakouskis, la cuisinière apporte le plat de résistance. C'est une tête de veau. « Hmm! » fait Rosalie qui adore goûter les plats qu'elle ne connaît pas.

« Beuh! » fait Macha qui, au contraire, n'aime que ce qu'elle connaît. C'est plus fort qu'elle. Elle ne peut se décider à toucher le morceau de tête de veau que le vieux monsieur a découpé et mis dans son assiette.

M. Hischine lui jette un regard sévère :

– Allons, Macha, dit-il. Quand on est invité, pas de caprice. Il faut manger ce qu'on te donne.

Rosalie se régale. En même temps, elle a pitié de sa petite sœur, qui, la fourchette à la main depuis un quart d'heure, n'ose même pas pleurer.

– Puisque c'est comme ça, dit enfin son papa d'une voix menaçante, tu peux te lever et sortir de la salle à manger. Tu attendras dans le couloir jusqu'à ce qu'on ait fini de déjeuner.

Mais au bout d'un moment, Rosalie ne supporte pas que Macha soit toute seule dans le couloir. Sans demander la permission, elle saute de sa chaise et court rejoindre sa petite sœur; elle la trouve qui tremble de peur dans l'obscurité.
- Me voici, Machenka, n'aie pas peur. Viens, on va chercher les fantômes.
- D'accord, dit Macha, qui ne savait pas ce que ça voulait dire.

Dans un château pareil, sûrement il devait y avoir des fantômes. Et Rosalie, qui n'en avait jamais vu, entraînant Macha par la main, va d'une pièce à l'autre, ouvrant et refermant les portes.

Elles descendent un long escalier en colimaçon, puis suivent un couloir interminable. Leurs bottines font « floc floc ».

— On est dans un ruisseau, revenons! supplie Macha.
— Attends, dit Rosalie.
— Mais on va se noyer!

Elles se trouvent maintenant avec de l'eau jusqu'aux chevilles, à un carrefour de trois couloirs. Lequel prendre?
— Faisons demi-tour, dit Macha.
— Essayons celui du milieu, dit Rosalie.
« Floc! Floc! Floc! »

Il fait de plus en plus noir, et les fillettes avancent comme des aveugles en se tenant au mur, le long duquel descendent de petits filets d'eau. Mais voici que le couloir est barré par une lourde porte. Rosalie pousse. Encore un escalier qui descend. Elles continuent d'avancer. Elles arrivent devant une tenture épaisse, si épaisse qu'elles n'arrivent pas à la soulever. Elles se glissent par-dessous, et tout d'un coup s'arrêtent. Ce qu'elles voient fait battre leur cœur très fort.

Elles se trouvent dans une grande salle faiblement éclairée par une petite fenêtre ronde couverte de toiles d'araignées. Au sol, des quantités de crânes et des montagnes d'os; appuyés contre le mur, des squelettes, un groupe de cinq ou six qui ont l'air de faire la conversation. Macha est devenue aussi immobile que les squelettes. Rosalie, elle, avance. Elle a vu, près du pied de l'un d'eux, quelque chose qui brille.
– Ne touche rien, surtout! chuchote Macha.
Mais Rosalie s'est baissée.

— C'est une pièce d'or, Machenka !
— Revenons !
— Oui, dit Rosalie, mais par où ?

Elles repassent sous la tenture, et marchent, marchent, pendant longtemps. Il y a beaucoup de couloirs qui se croisent. Une fois elles partent à droite, une fois à gauche. « Floc ! floc ! » font leurs pieds. Et leur cœur fait « bam ! bam ! »

Rosalie pousse une dernière porte. Elle grince, elle cède. Et les voilà dehors, dans le parc. La lumière est si vive que d'abord elles ferment les yeux. Et puis, quand elles les rouvrent, elles voient les grands arbres, les allées et au loin des paysans avec leurs fourches et leurs râteaux.

Les paysans s'approchent, entourent les deux petites filles et les ramènent jusqu'à la porte d'entrée du château. Arrivées là, elles courent jusqu'au grand salon, où leurs parents et M. Trofimov prenaient le thé en discutant politique.

– Quelle dégoûtation! s'écrie M. Hischine, horrifié de voir ses deux filles couvertes, de la tête aux pieds, de poussière, de boue et de toiles d'araignées. D'où sortez-vous?
– Et vos belles robes du dimanche! se lamente Mme Hischine. Et vos escarpins vernis!
– On n'a pas trouvé les fantômes de votre château, monsieur Trofimov, dit Rosalie, mais on a trouvé vos squelettes, vous savez?
– Quels squelettes?
– Ceux de votre famille, voyons, dit Rosalie.

Le vieux monsieur se tire la

barbe de stupéfaction, il s'exclame :
— Votre fille a beaucoup d'imagination, n'est-ce pas?
— Elle adore dire des sottises, s'excuse M. Hischine, de plus en plus gêné.
— Ce sont sans doute vos arrière-grands-parents, insiste Rosalie. Et puis, regardez!

Elle ouvre la main et tout le monde voit la pièce d'or qui brille. Les deux filles racontent en détail le voyage qu'elles ont fait dans les souterrains du château. M. Trofimov décide tout de suite d'appeler les paysans pour fouiller les sous-sols.

Après plusieurs heures de recherche, ils ont trouvé la salle aux squelettes et, dans la salle, un trésor de pièces d'or. M. Trofimov est bien content parce qu'il n'avait presque plus d'argent. Il donne à chacune des deux fillettes une pièce d'or, en récompense de leur trouvaille et en souvenir de leur visite.

Le ver de terre

C'était l'automne à Sakolniki. Un des jeux favoris de Rosalie et de Macha était de se jeter dans les grands tas de feuilles mortes et, à plat ventre, de battre des bras en imaginant qu'elles étaient de grands oiseaux aux ailes blanches et qu'elles faisaient d'immenses voyages dans les airs, par-dessus les villes, les mers et les continents. Elles étaient au milieu de l'Afrique à regarder d'en haut les grands troupeaux de zèbres et d'éléphants courir dans la savane, et Rosalie

était en train de dire : « Regarde ce rhinocéros, comme il est poli, Machenka, il veut faire connaissance avec cet hippopotame, je vais me poser sur le front de l'hippopotame et je vais lui dire d'être poli avec le rhinocéros, sinon je lui pique l'œil avec mon bec », quand Macha poussa un cri.
— Qu'est-ce?
— Ça a bougé, là-dedans, dit Macha, c'est peut-être un serpent.

Courageuse, Rosalie fouille des deux mains les profondeurs du tas de feuilles.
— Il va te mordre et tu vas mourir, et maman va pleurer, et elle n'aime pas pleurer, dit Macha qui se campe, prudente, à trois mètres de là.
— Regarde, dit Rosalie.
Elle tient, à l'intérieur de ses deux mains, un oiseau, un vrai, un

tout petit, avec une gorge rouge et de jolis reflets roses et orangés dans le plumage.
– Il est blessé, il ne peut ni marcher ni voler, explique Rosalie.
– Oh! qu'est-ce qu'on va en faire?
– Il doit avoir faim. Donnons-lui à manger.

Macha lui présente un morceau de biscuit qu'elle a gardé dans sa poche, mais Rosalie lui explique que les oiseaux préfèrent les vers de terre.
– Alors, cherchons!
Elles creusent avec leurs pelles et voici que Macha en découvre un, énorme, qui se tortille dans tous les sens.
– Prends-le!
– Prends-le, toi!
– J'ose pas, dit Macha.
Enfin Rosalie le soulève entre

deux doigts, le pose sur une feuille de platane et le coupe en deux, parce qu'elle se dit qu'il est trop gros pour le petit oiseau.
— Regarde, le pauvre petit qui grelotte, dit Machenka. Il faut le réchauffer.

Les deux filles décident de le mettre sous les couvertures, dans le lit de Maman et de Papa. Elles posent, à côté de lui, la feuille de platane avec les deux morceaux de ver de terre qui gigotent chacun de son côté.

Le soir vient. Rosalie et Macha ont oublié le petit oiseau. Les parents rentrent, fatigués, et décident de se coucher tôt. Le papa se met au lit. Puis la maman.
— Cesse de me chatouiller, Handel, dit Mme Hischine.

– Mais je ne te chatouille pas, voyons, tu rêves? répond son mari.

Puis c'est lui qui crie tout d'un coup :
– Enfin, Sarah, tu as fini de me faire des taquineries avec tes doigts de pied?
– Moi? Je n'ai pas bougé.
– Alors, qu'est-ce que c'est?

A la fin, la maman ouvre le lit, et le papa aperçoit le petit oiseau, et la maman découvre les deux morceaux de ver de terre qui gigotent au milieu des draps, chacun de son côté. Elle pousse un cri si strident que les deux filles, qui dormaient dans la chambre à côté, se réveillent en sursaut et accourent. Quand elles voient ce qui se passe, Macha est bien confuse. Rosalie se précipite en avant et s'écrie :
– Ouf! J'ai eu peur!

– Toi, tu as eu peur? fait la maman avec une voix grosse de colère. C'est moi qui ai failli mourir de peur!
– J'ai eu peur qu'en vous couchant vous n'écrasiez le petit oiseau, explique Rosalie.

Les cheveux coupés

A Moscou, toutes les petites filles portaient les cheveux longs. Plus ils étaient longs, plus les nattes que les mamans pouvaient tresser étaient longues, et plus les nattes de leurs filles étaient longues, plus les mamans étaient fières. Rosalie avait de magnifiques cheveux noirs qui descendaient presque jusqu'aux hanches. Les dames, dans le quartier, l'admiraient, félicitaient Mme Hischine. Mais Rosalie détestait qu'on lui fasse des nattes. Ses cheveux étaient toujours plus emmêlés qu'un buisson de ronces. Sauf quand sa maman décidait d'y mettre bon ordre avec une grande brosse et, *Bòje moï!* comme ça faisait mal!...

Un jour que sa maman était partie à la ville, elle décide : « Je vais me couper les cheveux un tout petit peu, ça ne se verra pas. » Elle s'est enfermée dans le cabinet de toilette, a pris des ciseaux et s'est mise à l'ouvrage.

C'est moins facile qu'on ne pense, de couper les cheveux pareil des deux côtés, même à une autre personne, mais encore plus à soi-même. Rosalie, debout sur un tabouret devant la glace, voit que maintenant sa figure a l'air de pencher un peu à gauche. Il faut arranger ça avec un petit

coup de ciseaux du côté droit.

Et voilà, ouf! Mais elle voit que ses cheveux du côté gauche sont maintenant un peu trop longs.

Quelques coups de ciseaux à gauche et elle se regarde dans la glace. Ça y est. Oui. Ça y est. Presque. Juste un petit coup à droite et ça y sera. Aïe! Les ciseaux ont un petit peu trop enlevé; il faut maintenant faire un petit rattrapage à gauche.

Dans la glace, elle voit apparaître le petit bout de son oreille gauche mais pas le petit bout de son oreille droite. Encore un petit coup à droite.

Voilà. Encore un petit coup à gauche pour que ça soit pareil des deux côtés.

Enfin! Mais ce n'est pas tout à fait pareil. Encore un petit coup à droite.

Elle entend sa maman qui vient de rentrer et qui la cherche, demandant à la nounou :
– Est-ce que Rosalie a fait ses devoirs?
– Elle est au cabinet depuis une demi-heure au moins.
– Rosalie, qu'est-ce que tu fais au cabinet?
– J'ai la colique.
– Alors dépêche-toi et sors, que je te donne du sirop.
– Tout de suite! dit Rosalie.
Un moment se passe.
– Eh bien, tu sors?
– Je n'ai pas fini de faire.

Et pendant ce temps-là, Rosalie se dépêche de couper du côté où c'est de nouveau plus long que de l'autre, mais en se dépêchant elle donne un trop grand coup de ciseaux et c'est maintenant l'autre côté qui est trop long, beaucoup trop long. Soudain, elle s'aperçoit qu'elle n'a plus l'air d'une petite fille. Elle ressemble à Vladimir, l'affreux polisson qui habite dans la maison d'en face.

Que faire? Le cœur gros, elle déroule le papier de toilette et se fait un bandage autour de la tête. Enfin, elle sort. Sa maman s'exclame :
– Mais Rosatchka, qu'est-ce que tu as?
– J'ai mal au ventre et à la tête.
– Qu'est-ce que tu as à la tête?
– Oh! j'ai tellement mal à la tête...
Mme Hischine arrache le turban de papier. Quand elle voit la tête de garçon de Rosalie, elle est tellement bouleversée qu'elle ne peut dire un mot.

Une larme, puis une autre coulent sur sa joue.

Rosalie regarde sa maman. Elle aussi a une larme sur chaque joue.

Elles se jettent dans les bras l'une de l'autre et sanglotent ensemble pendant au moins une heure, peut-être deux. Quand elles se sont séparées enfin, Mme Hischine avait le nez très rouge. Elle a dû se mettre beaucoup de poudre...

Le reste de l'année, Rosalie est allée à l'école avec un grand chapeau jaune qui enveloppait sa tête jusqu'à la nuque.

Le champagne

Ce jour-là, dans leur maison de campagne à Sakolniki, M. et Mme Hischine donnent une grande fête. Ils ont invité tous leurs amis : il y a deux cents personnes. C'est l'été, des tréteaux ont été dressés au jardin. Dans leurs beaux habits, les messieurs et les dames se régalent. Canards rôtis, dindes, cochons entiers, saumons et esturgeons, des montagnes de bonnes choses à manger garnissent les tables. Tout le monde est de bonne humeur, rit, bavarde, se lèche les doigts, et, dans les arbres, les oiseaux gazouillent.

Pour honorer ses invités, M. Hischine a fait venir exprès de France cinquante bouteilles de champagne. Les bouchons sautent en l'air en faisant « bang ».

Rosalie s'amuse à sa façon : se promenant à quatre pattes sous les tables, elle va faire des pince-mi et des pince-moi aux jambes des vieilles dames qui poussent des cris de frayeur. L'une d'elles a été tellement surprise que sa main a laissé échapper son verre qui est tombé sur la tête de son voisin, un général à la grande barbe rousse qui, lui-même surpris, a avalé un os de poulet et, s'étranglant, a craché à la figure de sa voisine, une grosse directrice d'école qui a failli s'évanouir. Tous trois, furieux, ont soulevé la nappe pour regarder sous la table. Mais il n'y avait plus personne. Rosalie était loin...

– Et notre pauvre jardinier qui n'a pas de champagne, ce n'est pas juste! dit Rosalie à Macha. Tu ne penses pas qu'il faut lui en apporter?

Elle va trouver le maître d'hôtel et lui dit :
– Donne-moi deux bouteilles de champagne, s'il te plaît.
– Pour quoi faire?
– C'est Maman qui m'envoie les chercher, tiens!

C'était un gros mensonge. Mais Rosatchka n'écoutait que son cœur. Nicanor, le vieux jardinier qui soignait si bien les arbres et les fleurs, habitait une toute petite maison de bois à l'autre bout du

parc. Les deux fillettes, cachant les bouteilles sous leurs jupes, courent le trouver. Nicanor est tout étonné. Jamais de sa vie il n'avait vu une bouteille de champagne.
— C'est de la part de Maman, dit Rosalie.

Nicanor s'effraie quand le bouchon saute au plafond de sa cabane.
— Ne t'inquiète pas, c'est comme ça que ça doit faire, explique Rosalie.

Le vieux jardinier sort trois gobelets en bois et les remplit. La mousse déborde sur la table. Macha et Rosalie, elles non plus, n'avaient jamais bu de champagne. Ça picote drôlement dans la gorge, mais c'est bon. Et puis, la tête commence à tourner...
— On rentre à la maison, maintenant, dit Macha en bâillant.
— Non! Je pense qu'il vaut mieux

qu'on s'enfuie, répond Rosalie, bâillant elle aussi à se décrocher la mâchoire. Papa va sûrement découvrir qu'il manque deux bouteilles de champagne et alors... oh! la la!... Il vaut mieux être loin...

Les voilà parties la main dans la main, zigzaguant à travers champs. La tête leur tourne de plus en plus; elles ont sommeil, sommeil... Quelle chance! voilà un grand tas de foin : elles se jettent dessus et tombent endormies.

Quand elles se réveillent, le coq chante; c'est le matin. Elles regardent autour d'elles et ne comprennent pas où elles sont. Le paysage n'est plus le même. Autour d'elles il y a une forêt et les bâtiments d'une ferme qu'elles ne connaissent pas.

Elles se dressent sur leurs jambes et voient qu'elles se sont endormies sur une charrette de foin; pendant qu'elles dormaient, la charrette, tirée par un cheval, a dû faire tout un voyage.
– On est peut-être en Amérique, dit Rosalie.
– Peut-être on est en Chine, dit Macha, toute prête à pleurer.
– Cheval, cheval, où nous as-tu emmenées? demande Rosalie qui fait semblant de ne pas avoir peur.

Mais voilà un paysan qui passe, qui écoute leur histoire. Oui, il connaît la propriété des Hischine, il accepte de les raccompagner, c'est à trois kilomètres, dit-il.

Les parents n'ont pas dormi de la nuit. Leur fête qui était si réussie! Mais ils pensent à leurs deux petites filles qui ont disparu, qui ont été volées par des brigands, qu'ils ne verront jamais plus!

Rosalie et Macha se précipitent dans la maison et tombent dans les bras de leur maman. A ce moment, Nicanor entre. Il dit :
– Merci beaucoup, madame Hischine, merci beaucoup d'avoir pensé hier soir au vieux Nicanor.

La tempête de neige

La veille du Nouvel An, toute la famille a pris place dans un traîneau tiré par trois chevaux. On va passer les fêtes chez tante Natacha qui habite, dans la campagne, une petite isba dans laquelle il y a une grande cheminée, et aussi un four où elle fait, en attendant les enfants, des gâteaux à la pâte d'amandes qui sont les gâteaux préférés de Rosalie.

La troïka fonce à travers la forêt, soulevant un nuage de neige sur son passage. La neige tombe en petits flocons serrés, sans arrêt depuis près de deux semaines. Un vent glacial souffle.

Tous les occupants du traîneau sont emmitouflés dans d'épais manteaux de fourrure, ils portent un chapeau de fourrure sur les oreilles et une grosse écharpe de laine qui cache la bouche et le nez. Sur les genoux, une couverture à carreaux. Aux pieds, de grosses bottes fourrées. Des narines des chevaux sort, chaque fois qu'ils respirent, un jet de vapeur. Leur crinière et les moustaches du cocher sont blanchies par le gel.

Tout le monde, à moitié endormi, rêve aux flammes qui dansent dans la cheminée autour de laquelle on va pouvoir se réchauffer, bientôt, dans l'isba de tante

Natacha, en grignotant ses délicieux gâteaux.

Pour l'instant, on est à mi-chemin et, depuis quatre heures qu'on est parti, on a des fourmis dans les jambes.
– Il faut, dit la maman au papa, s'arrêter quelques minutes, se dégourdir...
– Et reposer les chevaux, ajoute M. Hischine, qui donne l'ordre au cocher de faire halte.

Le vent siffle dans les branches et souffle avec une telle force que Rosalie a du mal à se tenir debout. Elle se laisse pousser par le vent, et Macha aussi, et elles s'amusent à se laisser tomber et à rouler dans la pente. Sans s'en apercevoir, elles se sont enfoncées dans la forêt, assez loin de la troïka.

– Et si on faisait un gros gendarme de neige avec sa pipe et son fusil? propose Macha.
– Non, regarde cette montagne, dit Rosalie, on va faire un tunnel par-dessous, tu veux?

Elle a mené Macha jusqu'à un monticule de neige au milieu de la clairière. Macha commence à creuser d'un côté de la bosse, et Rosalie de l'autre. Rosalie a attaché son mouchoir à une branche de sapin.
– Dès que nos mains vont se rencontrer, dit Rosalie, on va planter ce drapeau sur la montagne.
– Oui, la première qui touche la main de l'autre, dit Macha, a gagné.
– Oh! dit Rosalie, je n'arrive plus à creuser. Il y a quelque chose de dur, là-dedans...

— Ha! ha! Je vais gagner, dit Macha qui se dépêche pour arriver la première au milieu du tunnel.

Mais tout d'un coup, elle aussi s'arrête :
— Ça ne va plus, c'est bouché...
— C'est peut-être une grosse pierre, dit Rosalie.
— Tant pis, soupire Macha, retournons maintenant, Maman va s'inquiéter.
— Oui, dit Rosalie, une seconde, je veux juste élargir un peu mon trou pour voir ce qu'il y a dedans.

Elles se remettent à creuser toutes les deux.
— Tu sais ce que c'est? crie Macha. On dirait une vieille botte.
— Et moi, crie Rosalie presque en même temps, ça a l'air d'un chapeau de fourrure tout gelé.
— Rentrons, maintenant! supplie Macha.

– Tout de suite! dit Rosalie; c'est peut-être un très joli chapeau, je veux le ramener à Papa.

Rosalie savait que Macha avait raison, qu'il valait mieux rentrer, mais elle était incapable de résister à sa curiosité.

Toutes les deux, elles continuent à creuser. Bientôt, Macha dégage la botte puis la jambe d'un homme. Rosalie dégage le chapeau, puis une tête, une épaule. Bientôt, un monsieur tout entier, gelé dans la neige, apparaît à leurs yeux, couché sur le ventre.
– Il est mort?
– Bien sûr!

Elles appellent Papa et Maman, une fois, cinq fois, dix fois. Le vent souffle. La neige tombe si fort que bientôt elles vont être recouvertes de neige comme le monsieur.

– Et on va mourir, comme lui, dit Machenka.

A ce moment, elles voient un nuage de neige s'élever entre les arbres. Et voici la troïka qui passe, et le cocher qui les aperçoit et qui fait brusquement tourner les chevaux à droite jusqu'à ce qu'ils s'arrêtent tout net devant les petites filles toutes joyeuses.

Leur papa a commencé à les gronder avec beaucoup de sévérité quand d'un seul coup il a aperçu le monsieur gelé, couché dans la neige.

Rosalie et Macha expliquent. M. Hischine et le cocher sautent du traîneau, soulèvent le bonhomme, lui secouent la tête, lui tapent dans le dos, lui desserrent les dents, lui soufflent dans la bouche, et enfin lui font avaler quelques gouttes de

vodka. Voilà que l'homme ouvre les yeux et les regarde, tout étonné. C'est un vieux bûcheron. Il était sorti hier de chez lui avec son fusil pour aller tuer un loup qui rôdait autour de sa maison et lui volait ses poulets. La tempête de neige l'a aveuglé. Il ne savait plus où il était quand la nuit est tombée. Il a marché presque toute la nuit, et puis il est tombé, épuisé de fatigue et de froid. Sûrement, il serait mort si ces deux petites filles n'avaient pas eu l'idée de creuser un tunnel.

Pendant qu'il parlait, Rosalie a continué de creuser et elle a sorti de la neige le fusil du monsieur. Le vieux bûcheron est reconnaissant. Il monte dans la troïka à côté du cocher et on le ramène à sa maison. Puis on reprend la direction de l'isba de tante Natacha, où un bon feu brûle dans la cheminée. Macha et Rosalie, dans le traîneau, s'endorment heureuses en pensant au bûcheron qu'elles ont sauvé et aux bons gâteaux qui les attendent.

Le mariage de Rosalie

Dans toutes les histoires que je vous ai racontées, Rosalie avait entre six et onze ans. Maintenant, nous allons faire un grand saut dans le temps et la retrouver à dix-huit ans, pour la dernière histoire que je vous raconterai : celle de son mariage.

A cette époque, c'étaient les parents qui choisissaient le mari. La jeune fille le voyait pour la première fois le jour même du mariage.

M. et Mme Hischine, qui étaient des gens riches et respectables, ont choisi pour Rosalie un futur mari venant lui-même d'une famille riche et respectable : un marchand de sucre et de sel.

Mais Rosalie, par son cousin Jacques, avait rencontré à une soirée dansante un jeune étudiant sans le sou, beau, d'une intelligence profonde et ardente, et très sérieux. Il s'appelait Maxime. Il ne riait jamais. Ce soir-là, Rosalie avait été si gaie, si étourdissante de gaieté, que, à la grande surprise de tous ses camarades, Maxime s'est mis à rire comme on ne l'avait jamais vu faire.

En raccompagnant Rosalie à la maison, Jacques raconte à sa cousine quel a été son exploit. Elle a fait rire un garçon qui ne riait jamais. Piquée au vif, Rosalie veut le revoir.

Mais à cette seconde rencontre, organisée par Jacques, voici que Rosalie est incapable de faire rire, ou même de rire elle-même. Elle n'est pas capable de dire un mot. « Qu'est-ce que j'ai? » se demande-t-elle.

Elle ne savait pas qu'elle était en train de tomber amoureuse.

Maxime, lui, fut intrigué. Ils se revirent – en cachette – grâce au cousin.

Un jour, sur un ton funèbre, il lui demanda sa main.

Le ton était si lamentable que, pour la première fois depuis leur première rencontre, Rosalie éclata de rire. Et lui, pour la première fois, rougit.

Elle le regarda d'un air tel qu'il sut qu'elle ne disait pas non.

Et, le lendemain, il lui apporta en cadeau un livre de philosophie, si difficile qu'en le lisant elle ne comprenait rien.

Le soir même, elle annonce à ses parents :
— Je ne veux pas de votre fiancé qui vend du sucre et du sel. Je veux bien de mon étudiant, celui que j'ai réussi une fois à faire rire.

Les parents sont stupéfaits. Ils disent non. Ils disent que c'est impossible. Ils disent qu'on n'a pas le droit de rompre des fiançailles. Ils disent que tout est décidé. Ils disent qu'elle est folle. Ils disent qu'elle est ingrate. Ils disent qu'elle ne sait pas ce qu'elle fait.

Et puis, parce que Rosalie ne changeait pas d'avis, et parce qu'elle ne voulait plus ni manger, ni boire, et parce qu'ils aimaient leur fille plus que tout au monde, ils ont cédé.

Arrive le jour de la cérémonie. Grands préparatifs. Rosalie s'habille. Elle porte une merveilleuse robe blanche avec un voile et une longue traîne. Mais on ne trouve pas les chaussures blanches.
– Je mettrai mes vieilles chaussures noires, dit Rosalie, très tranquille.
Les parents sont épouvantés.
Mais Machenka finit par les trouver. Il était temps. Déjà, monsieur le Maire attendait.

C'est à la mairie qu'eut lieu le

dernier scandale de Rosalie avant qu'elle ne devînt une femme mariée. Le maire lisait à haute voix le texte de la cérémonie. Il ressemblait à une petite fille avec ses grosses joues roses, ses cheveux blonds et sa petite voix. Et Rosalie d'imaginer que c'était réellement une petite fille, et de l'habiller dans son esprit d'une petite robe de dentelle rose... Et elle éclate d'un fou rire que rien ne peut arrêter!

Maxime est consterné. Les parents, encore plus. Voici la cérémonie interrompue. Et quand on la reprend, quand le maire enfin peut reprendre sa lecture, que fait Rosalie pour que ça ne recommence pas? Il ne faut pas regarder le maire, il faut penser à autre chose. Alors, pendant tout le reste de la cérémonie, que fait-elle? Elle garde les yeux fermés et pense, pense... Elle pense à un tout petit cheval.

Table des matières

Présentation	11
La robe de barège	13
La rentrée	19
Le violon	23
La petite bête et le volcan	31
La poupée dans le train . .	35
La piqûre	43
La barbe du ministre	53
La méchante Mlle Tarabouchenko	63
La robe de sa maman . . .	69
La dame qui lave sa chemise	75
La ville endormie	79

Le rêve rouge...........	87
Le loup...............	93
Varvara et Rosalie.......	99
Le dixième anniversaire..	109
La vache et le puits.....	113
Le mendiant...........	117
Le radis miraculeux.....	127
Le château............	129
Le ver de terre.........	141
Les cheveux coupés.....	149
Le champagne..........	157
La tempête de neige	165
Le mariage de Rosalie ...	177

CASTOR PLUS

POURQUOI CASTOR PLUS ?

Parce que les auteurs ont leur mot à dire sur ce qu'ils écrivent.

Parce que nous, éditeurs de littérature jeunesse, sommes soucieux d'enrichir nos ouvrages.

Parce que vous, lecteurs, êtes en droit d'attendre de nos livres toujours plus d'informations.

Avec Castor Plus, nous ne prétendons pas être exhaustifs sur un sujet, ni sur un genre, mais nous avons l'ambition de vous faire partager notre passion de la littérature sous toutes ses formes.

C'est pourquoi, avec Castor Plus, nous avons choisi de donner la parole à des écrivains, des spécialistes, pour qu'ils commentent un genre qu'ils apprécient, dont ils connaissent les spécificités et les chefs-d'œuvre, ceux d'hier, et ceux d'aujourd'hui.

Le roman pour la jeunesse

« Toute lecture digne de ce nom se doit d'être absorbante et voluptueuse. Nous devons dévorer le livre que nous lisons, être captivés par lui, arrachés à nous-mêmes, emportés dans un tourbillon d'images animées, comme brassées dans un kaléidoscope. » Ainsi parle Robert Louis Stevenson, l'auteur de *L'Île au trésor*, du plaisir d'une lecture romanesque. Avec lui, laissons-nous entraîner dans les délicieux chemins de la fiction : pur plaisir d'être ici et ailleurs, dans les grands bois du Wisconsin, sur les routes américaines avec les enfants Tillerman, survolant la Norvège avec Nils Holgersson ou pénétrant tout simplement dans l'univers d'un enfant de notre âge et de notre pays, si proche et pourtant autre.

Si le romancier « promène un miroir sur une grande route » selon la formule de Stendhal, il nous renvoie aussi un miroir de nos propres sentiments parfois si confus, de nos émotions contenues, il sait nous éclairer sur nos craintes et nos doutes, donner forme à l'informe de la vie. Il nous parle, comme naguère le faisaient les contes de manière plus symbolique, des difficiles relations familiales, de l'amour, de l'amitié, de la mort aussi et le roman se fait alors roman d'initiation.

Mais il peut aussi nous faire rire, nous communiquer cet humour si indispensable pour appréhender plus sereinement le monde et nos propres difficultés.

Promenons-nous «dans les bois du roman», comme le proposait Umberto Eco. Le champ des productions romanesques est aujourd'hui immense. Il n'en a pas toujours été ainsi.

Le premier «roman» écrit pour un enfant – royal, certes! – fut *Les Aventures de Télémaque* de Fénelon, roman didactique publié en 1699, inspiré des voyages d'Ulysse, destiné à enseigner morale et mythologie mais déjà roman d'aventure et d'initiation. Le XVIIIe siècle vit fleurir à côté de toute une littérature pédagogique et morale, l'adaptation de grands romans philosophiques destinés aux adultes: *Les Voyages de Gulliver*, de Jonathan Swift ou le *Robinson Crusoé* de Daniel Defoe (objet de multiples adaptations, au cours des siècles suivants).

Mais c'est le XIXe qui vit vraiment naître une littérature romanesque destinée à la jeunesse. Dès 1830 Charles Desnoyers invente dans *Les Mésaventures de Jean-Paul Choppart*, le premier garnement révolté et fugueur. À partir de 1850, dans la Bibliothèque rose, paraissent les romans de la Comtesse de Ségur, évocation d'un monde clos de l'enfance, cependant que se déploie en Angleterre la fantaisie de l'imaginaire avec *Alice au pays des merveilles* de Lewis Carroll, et l'éternel enfant de James Barrie qu'est *Peter Pan*. La fin du siècle voit le succès du roman de l'errance et de l'orphelin avec *Sans famille* d'Hector Malot ainsi que les grandes aventures utopiques de Jules Vernes.

Si le XIXe siècle peut être considéré comme l'âge d'or de la littérature enfantine, dont on publie régulièrement les classiques, certains ouvrages, certains auteurs jalonnent la création romanesque française du XXe siècle destinée aux enfants, et trouvent toujours leurs lecteurs. C'est bien sûr la fable morale du *Petit Prince* de Saint-Exupéry, publié à New York en 1943, l'humour et la satire des *Contes* de Marcel Aymé ou de Gripari, les gags irrésistibles, et le langage enfantin du *Petit Nicolas* de Sempé et Goscinny en 1960. C'est aussi le roman de la vie quotidienne qu'est *La Maison des petits bonheurs* de Colette Vivier (en 1939) ou encore les premières incursions dans un véritable roman policier (loin des séries stéréotypées) avec *Le Cheval sans tête* de Paul Berna (en 1955).

En 1970, la Bibliothèque internationale ouvre le champ des littératures étrangères, offrant ainsi aux lecteurs une initiation à la diversité des cultures et des imaginaires. Depuis sa création en 1980, Castor Poche-Flammarion a largement contribué à cette découverte d'auteurs et de cultures du monde entier en publiant, outre de grands succès de la littérature anglaise et américaine (le merveilleux *Jardin secret* de Frances Hodgson Burnett, *Jonathan Livingston le goéland* de Richard Bach, les romans de James Houston, Betsy Byars, Marilyn Sachs ou Cynthia Voigt), des auteurs allemands comme Hans Baumann, polonais comme Wanda Chotomska *(L'arbre à voile)* ou espagnols comme Carmen Martin Gaite *(Le petit chaperon rouge à Manhattan)*...

Les frontières se sont estompées entre littérature générale et littérature de jeunesse ; des auteurs reconnus s'inscrivent dans les deux registres : Michel Tournier, Daniel Pennac, J.M.G Le Clézio, pour n'en citer que quelques-uns. Seule la poétique diffère, écrit Pennac, la thématique peut être la même.

Depuis les années quatre-vingt, la création romanesque aborde en effet des genres et des thèmes jusqu'alors «réservés». Si l'humour et l'aventure sont toujours de mise, le roman historique évoque les conflits et les drames de notre temps ; romans policiers et romans noirs adoptent les recettes et les ressorts de la littérature adulte ; les intrigues des romans psychologiques s'inscrivent sur fond de secrets de famille et bousculent à l'occasion les tabous.

Sans doute le monde contemporain, ses angoisses et ses culpabilités se sont-ils introduits dans la fiction romanesque adressée à la jeunesse mais la qualité spécifique de ces textes réside toujours dans un certain mode d'écriture, une voix qui sait raconter, émouvoir sans troubler ni désespérer, et nous initier à la merveilleuse aventure de la lecture. Écoutons encore Stevenson : «Les mots, si le livre nous parle, doivent continuer à résonner à nos oreilles comme le tumulte des vagues sur le récif, et l'histoire repasser sous nos yeux en milliers d'images colorés.»

Flaubert (qui n'écrivait pas du tout pour les enfants) prêtait une couleur à chacun de ses romans. N'y aurait-il pas une couleur propre aux romans écrits pour la jeunesse ? À nous de la découvrir, de la savourer.

Claude Hubert-Ganiayre

Cet
ouvrage,
le huitième
de la collection
CASTOR POCHE,
a été achevé d'imprimer
sur les presses de l'imprimerie
Maury Eurolivres
Manchecourt - France
en janvier 2000

Dépôt légal : février 2000.
N° d'édition : 4691. Imprimé en France.
ISBN : 2-08-164691-9
ISSN : 0763-4544
Loi n° 49-956 du 16 juillet 1949
sur les publications destinées à la jeunesse